コールサック社

詩集

つぶやき

目次

I 電車の中

電車の中

通り道

Ⅱ 光を求めて

詩集

つぶやき

たにともこ

Ⅰ　電車の中

電車の中　その一

みんな　みんな眠っている
午前十時の電車は休憩所
夜の時間が無いのかなー
疲れているのかなー
朝の太陽眩しくて
休んでいるのかなー

電車の中　その二

右を向いても
左を向いても
指先だけが動いている
杖にもたれた　おばあさん
あなたの前に立っている
見えないの
見えないあなたが可哀想

少しはゆとりを
持ちましょう
あなたの人生長いのよ

電車の中　その三

おばあさん
私の前に立たないで
立ちたい気持ちは
あるけれど
今日の私は疲れているの
私の気持ちも　分かってね

電車の中　その四

どうぞと声かけられて
思わず「ありがとう」と声が出た
立ってくれた六十代の女（ヒト）
「疲れましょう」と声掛けて
杖をつきつき　戸口の方へ
手すりにつかまり立っている

申し訳ない気持ちでいっぱいだ
心の通じる人もいる

電車の中　その五

ああー
無理じゃないですか
中年のおばさん
狭いお席に腰おろす
隣の青年
不満そうな顔して席立った
少しは気を付けましょうよ
私達

息せき切って
やれやれと
電車に乗った
その時に

若い青年立ち上がり
黙って戸口の方に立ち去った
歳を感じるその瞬間
すまない気持ちでいっぱいだ

電車の中　その六

ねーねー
電車の中は化粧室
間違わないで下さいよ
少しは乗ってる人の事も考えて

悪いわね
私にはそんな時間が無いのです

電車の中　その七

若いご主人
赤ちゃん抱っこして
若い奥さん
メールに夢中
赤ちゃん
ママを呼んでいる
ママは夢中で
他人事

いいのかなー

今はそんな世の中か

電車の中　その八

危ないーと声かけて
睨まれて
ありがとうは無いのかなー
そんな言葉　忘れたか
子どもの将来、良くないよ
お母さん　気を付けて
貴女の子供で無いでしょう
よけいなお世話です

電車の中　その九

三人分の席をとって
寝ている人がいる
疲れているのかなー
乗客ちらちら見るけれど
声を掛けずに知らん顔
座りたいのに知らん顔
関わりたくないと知らん顔

まあー　いいか
どうでもいいか

人の事だよ　知らん顔

電車の中　その十

目の前に座っている女の子
ゲームに夢中は良いけれど
足を開いて座ってる
座ってる

気になる僕が悪いのか
チラチラ見ている人もいる
気をつけないと危ないよ
そんな言葉はいらないか……

電車の中　その十一

満員電車は　汗の臭いでいっぱいだ
おまけに女性は腕出して
ミニスカートに高い靴
ぎゅうぎゅう押されて
思わず触れた胸の上、
憎しみいっぱい睨まれて
ワイシャツ姿に長ズボン

汗、だくだくの我が身には
どうすることも出来ません

それでも痴漢　痴漢と騒がれて
職を失う人もいる
満員電車は危険、危険と
走っている

通り道　その一

足が痛くて　動けない
明日まで待とうと思うけど
痛くて　痛くて　たまらない
ご飯の支度もできなくて
あせる気持ちを抑えつつ
一足　ひとあし　足運ぶ

神様
どうにかして下さいと
思わずすがる　この気持ち

人の気持ちが　よく分かる

通り道　その二

重い荷物を引きながら
一段あげては　ひと休み
二段あげては　ひと休み
若い青年駆け降りて
お持ちします！と声かけた

ありがとう　ありがとうと
心の底から声が出た

通り道　その三

それはないでしょう
おまわりさん

〈地下鉄の入口　そこですよ〉

無理じゃないですか
八十過ぎた田舎のおばあさん
らせん状の階段
エレベーターあるじゃない
人を見て教えてくださいよ

親切はいいけれど
相手の事も考えて
若いのに悲しいね

〈今日は都民の日
銀座通りは
通行止めで忙しいの
僕の気持ちも
分かってネー〉

家族　その一

失敗すればすいませんと
あきらめる
お金を落とせば誰かが喜ぶと
あきらめる
怒られれば自分が悪いと
あきらめる
ほんとは悪くないのに
あきらめる

いつも良い子でいたいから

ニコニコしながらあきらめる
不満がたくさんあるのに
あきらめる

そんな子供が良いのかなー
必ずどこかで爆発すると思うけど……
心の底から話し合おうよ
けんかしたって　いいじゃない
分かってくれるまで　話し合おうよ
それが家族だもの

家族　その二

私は家族を守る為
家族の幸せ願いつつ
満員電車で通勤し
真面目に働く庶民です
非課税スレスレの生活守る為
言いたいことは
沢山沢山あるけれど
言えば職場を追われるの

上司の顔色伺い伺い

ニコニコ顔で勤めるの
これが自分の仕事だと
自分自身に言い聞かせ
黙って　黙って
働くの

家族　その三

上手に言われて
思わず買ったこの机
反省しながら　あきらめる
売った相手が喜ぶと
納得しながら　あきらめる
そんな私が馬鹿なのか

家族　その四

母さんに給料無いのかなー
こんなに働いているのに
おかしいよね……母さん
家で働く人に給料無いなんて
おかしいよね……母さん

そうネ
でもネ
貴女が元気に育ち
人さまの役に立つ人となる事

父さんが元気で楽しく働ける事が
母さんの給料だと
いつも想っているのよ

家族　その五

朝から友とお茶を飲み
一人暮らしは
気楽なものよと
笑って過ごすも
良いけれど
病気になった時
貴女の最後は
どうするの
どうするの

その時はその時よ
何とかなるでしょう
そんな心配いらないよ
今はそんな時代と違うのよ

家族　その六

朝の挨拶は忘れずに
迷惑掛けたら　ごめんなさい
夜の挨拶　忘れずに
感謝の気持ちを忘れずに

何気なく心の底から出る言葉
笑顔の中にある言葉
涙の中にある言葉

そんな自分になりたいと

願う私は無理なのか

Ⅱ　光を求めて

生きるとは

心の中で涙する事なの

悲しい時も

苦しい時も

嬉しい時も

楽しい時も

悩んでいる時も

一滴の涙

母さん我慢しなくても
もういいよ
大丈夫だよ
お休みなさい
母はだまって目を閉じた
一筋の涙を流しながら
必死に生きた八十四年
最後の最後の日
アルツハイマーになって
五年余り

旅の大好きだった母
私の行くのを待ちわびて
一人で駅まで迎え出て道に迷って

皆んなに迷惑かけたけど
こんどは何処に行くのかと
ただただ待っている母でした
火災・戦争・食糧難・農地解放等々
時代(トキ)の流れに翻弄されながら
五人の子供を必死に育て
愚痴を言わない
大きな声も出さない母でした
私、しげる（夫）さん
余り好きでなかったの……
列車の売り子になって全国廻りたかったの

過去の過去の話
そんな言葉を残して母は旅だった
届かぬ世界に旅だった
私を自由に育ててくれた母

人は人　自分は自分
強く生きることを教えてくれた母
言葉にならず心から
思わずつぶやいた
ありがとう
ありがとうと

みれん

嗚呼　これも想い出
嗚呼　あれも想い出
すてる事の出来ない私
生きるとは集める事なのか
心の中だけでは残せない
手にする事の楽しさに
目にする事の楽しさに
おもわず買った品々
これはあの人に　この人に
この品はあの女の子

嗚呼
これはあの時の記念品
子供達との想い出の品々
孫達との想い出
みんなそれぞれ違うけど
色んな人との縁の中
ここまで生きたこの人生
捨てる事の出来ない　この荷物
迷いと共に一日一日過ぎて行く
嗚呼　この未練
いつまで続くのか
整理の出来ない私

とき

眠っている時も
遊んでいる時も
仕事をしている時も
食事をしている時も
笑っている時も
怒っている時も
悩んでいる時も
時間は休みなく通り過ぎて行く
私を置いてきぼりにして
私の願いも聞かずに

私がどんなに頼んでも
私に断りなしに通り過ぎて行く
私が生れた時から
私に黙って　黙って
空気のように通り過ぎて行く
私はやりたいことが
たくさん　たくさんあったのに
そんなことは知らないよ
なまけものさん
ああ　あの時この時
ついていけない私
いつも後悔している私
時間よ待ってくれ　待ってくれ
私の願いを聞いてくれ
そんな願いは聞けないと

そよ風の如く通り過ぎて行く
なまけものの私を置いてきぼりにして
焦る私の気持ちも知らずに
私の最後の最後の日まで

光を求めて

十七歳の年の暮れ
西も東も分からずに
夜行列車で東京へ
連れていかれたその家は
バラック建ての六畳間
天井低く床もなく
土間の上にたたみひき
そこに寝泊まりしたけれど
衣食住には満たされて
女中しながら大学へ

その喜びに胸弾み
慣れない仕事に戸惑いながらも
過ごした二年間
人と人との縁の中
教授夫妻のあの出会い
下駄の脱ぎ方
ほうき、雑巾の使い方
お辞儀の仕方、言葉遣い
隅から隅まで教わって
過ごした時間が懐かしい
あの出会いがあってこそ
今の人生あるのだと
しみじみ感じる八十五年
嘘はつかない
正しく生きよと教えられ

道徳　常識守ること
必死に生きたこの人生
時は流れて
道徳　常識どこへやら
私の世界は
見知らぬ世界になり変わり
置いてきぼりの生活に
此れも人生あれも人生と
諦めながらも
人は人　自分は自分と言い聞かせ
心に誓う日々は
強く正しく生きましょうと
光を求めて進むだけ

今、気づく

子供によって教えられた私を
子育てとは自分の為だと
そして生かされていることを
八十四年の人生から

分解

長く使ったこのキカイ
錆びたネジには勝てないが
油差し差し　まだ動く

生活するには
不自由無いが
まだまだ使えると
自分自身に言い聞かせ
動かしては見るけれど

そろそろ最後かと
未練がましく眺めてる
分解するかそのままか
少しでも役に立つには分解か
どうしよう

壊れぬ内に決めないと
迷いの内に
一日一日過ぎて行く
判断できない自分がもどかしい
これも一人の人生か

ふるさと

遠くに見える山々は
何の変わりもないけれど
夕暮れに母と歩いたあの小路
美しく並んだ
父の作った盆栽
友と遊んだ
あのひょうたん池
そんな面影何もなく

生まれ育った家もない
真新しき物ばかり
流れる川も変化して
ほほなでる
そよ風だけは変わらない

新しき河原の堤の片隅で
雑草に混じって咲くつゆ草の
輝くばかりの青色に
安らぎを感じつつ
重い足取り歩をすすめ
先祖の墓に手を合わす
ふるさとは遠きにありて
想うもの
幼き頃が偲ばれる

サケ

今年もサケが群れをなす
川を下って海に出て
荒波越えて
何処でどうして
過ごしたか

川に戻って
卵産み
サケの屍　水の中
役目を果たして満足か

水にさらされ
流れ行く
青い海
打ち寄せる
白い波
まるで白い鳥が
波の上で
戯れているようだ

この海の底には
ふしぎな世界が
あるのかなあー

槍ヶ岳

光と雲の奇跡
足元を流れる
綿のような雲
所々に緑の苔
槍ヶ岳の頂上
雲の上を走って見たい
何処までも
何処までも
私の気持ちが届くまで

自然とは
誰かに生かされている
世界なのか
鳥は虫を食べ
虫は苔を食べ
動物は魚を食べる
そして人々は？
自然によって
生かされている

Ⅲ　テレビより

テレビより　その一

そんなに食べて大丈夫
貴女のお腹
すごいなー　すごいなー
皆んな　笑ってる
指をくわえて飢えを凌ぐ
子供たち

そんな世界が沢山　沢山あるのに
いいのかなー
まあいいか
視聴率さえ良ければ

テレビより　その二

ああー
セクハラ　セクハラ騒ぐけど
女のセクハラ無いのかなー
男のセクハラあるならば
女のセクハラあると思うけど

ニヤニヤ見ている男が悪いのか
女が強く　男が弱くなったのか

まあいいか

私には関係ないか

テレビより　その三

国会討論　聞いてると
これでは日本が駄目になる
森友学園、加計学園
教育現場はどうみるか
若い青年どう見るか
一般大衆どう見るか

法律スレスレの
何でも通る世の中に
証拠残さぬ世の中に

言い訳通る世の中に
疑問を持ちつつ
生きるためには仕方がないと
そんな時代がやってくるのかなー

テレビより　その四

大臣様よ
そんなこと言わないで
誰か知らないが
辞めさせられたから
そんなこと言ったなんて
大臣様の言う事では無いでしょ

いろいろ言っているが
いつまで尾を引くのですか
総理の名前を見れば

役職にいる公務員は
言われなくても　これは大変と
一生懸命努力するのが当たり前
そんなことないと言われても
一般社会は通用いたしません

テレビより　その五

正直者はバカを見る
私は一人の公務員
そんな馬鹿な　馬鹿なと思いつつ
言ったら私は生活出来ないの
だから黙っているのです
胸はしくしく病(イタ)むけれど
言えない　言えない
一般市民です

明日の生活想うとき

子供の事を想うとき
言えない苦しみ　分かってね
勇気の持てない　苦しみ分かってね

テレビより　その六

まあーまあー　仕方ないから
お笑い番組か
笑って過ごせれば楽しいか
これが平和な世の中か
何かむなしさだけが胸をつく

戦争、戦後を生きてきた
私には何かが違って
見えるだけ

世の流れ　その一

化学も　科学も
凄いなー　凄いなー
ついていけない私
駄目じゃない悪用しては
なんだか怖い

これからの人間
たこになるのかな
手足と頭の世界がやってきて
たこになるのかなー

世の流れ　その二

宇宙の中の小さい
小さい水の星
そんな地球の片隅で
そっと静かに生きていたいのに
いつの間にやら
わからぬ世界がやって来た

世の流れ　その三

私は　井の中のカワズかな
はたち前の春　右も左も分からない
東京で過ごした六十五年

いろんな人と巡り合い
色んな事に出会い
一生懸命　生きてきたのに
何時の間にか
機械の世界が出来ていた

言葉の要らない
世界がやってくるのかな
未来の人間どうなるの

切符買うことさえも分からぬ私
どうするの　どうするの
前とは又　違う
やっぱりカードが一番か

世の流れ　その四

私は日本に生まれた筈なのに
私は日本人の筈なのに
周りはカタカナ　横文字で
私は旅でもしているの

八十過ぎた私には
分からぬ言葉が多過ぎて
自分の国で無いみたい
これ　なあーに
あれ　なあーに

世の流れ　その五

私は静かに生活したいのに
ネオンサインが眩しくて
車のエンジンうるさくて
テレビの声に惑わされ
自分で病気を作っている
何とかならないの？

こんな生活
皆んな望んでいるのかなー
いるのかなー

世の流れ　その六

杖をつきつき医者に行き
頭も痛い　胃も痛い
手も痛いし　足も痛い
たくさん　たくさん薬づけ
これが私の日課です

Ⅳ　手を合わす

はづき

今年も祈りの季節がやってきた
眩しいほどに澄んだ空
ナムアミダブツのあの声は
満州の異国の地に散った
幼子に届けとばかりに悲しげに
哀愁をおびて胸を打つ
思えば幼子連れて逃避行
おなかが空いたとうらめしげ
じっと見つめるあの瞳
泣くことさえも許されず

かの地に散ったいとこ達
叔母の唱えるあの声は
七十余年もたった今
私の胸にとどまりて
川の流れのような人生なれど
嵐のときはじっとして
時の流れのままに生きたのよ
これが私の人生と
最後の言葉を残しつつ
夫の復員待たずして
故郷に生きた三余年
浮かぶ姿に手を合わす

たった一つの願い

照りつける太陽
暑い　暑い真夏の正午
冷房も何もない
納屋を改良した一室
ラジオの前に正座する父
拳を握った手に一雫　二雫の涙
忘れられないあの日
進軍ラッパ聞くたびに
まぶたに浮かぶ父と母
そんな想いで

三百万人ともいわれる英霊たち
異国の地に
荒海の中に散って
迎えた八月十五日の正午
終戦と云う言葉で終わりを告げた
忘れられない一日
七十余年たった今も心に残る
多くの犠牲者にいただいた
戦争のない平和への道しるべ
命と引き換えに残してくれた
たった一つの願い
私は守りたい
祈りとともに守りたい

炉端の灰

モンペをはいて　ケット（かくまき）着て
長靴はいて　紙もって
雪の山道　四キロ五キロ
走って　歩いて　山越えて
夜の夜中に　涙声
「先生　せがれが戦死しました」と
我が家の玄関　倒れこむ
母一人　子一人　男の子
泣いても泣けない母親を
ジッと見つめる父の顔

歓喜の声で予科練に
十六歳の少年を送った父の声なき声
うなだれ悲しむ母親に
かける言葉を失って
ただただ　だまってうつむいて
炉端の灰をつついている
外はしんしん　雪しずか
赤々燃える火を見つめ
二人はだまって　夜明けを待つ

子供の会話から

ネーネー
強い大きな国は
何でも持っていいのかなー
小さな国はどうして
何も持てないの

さあネー
分からないよ
小さくとも大きくても
皆同じだと思うけど

大きい国は大人で
小さな国は子供なのかなあー

母さんは
大きい国も小さい国も
悪いことは悪い
良いことは良い
どの国も
持っていけない物は
持たない
それが良いと
思うけどネー

手を合わす

八十四年の人生から想い出すのは
白い帽子　白い服　七つの金ボタン
足並み揃えて　颯爽と
通って行った十七歳の若者たち
あれは夢だったのだろうか
遠く聞こえる歌声は
七つボタンは桜にひかり
花と散りましょう　国のため
見送る母は笑顔で送り
心で泣いて手を合わす

今年も桜の季節がやって来た
南から北へと　迷うことなく
予科練兵を送ったあの時のように……
自然は何の憂いもなく通り過ぎて行く
私達に悲しみや喜びを心に残して
ふたたびあの夢を見ることのないように
私はただただただ祈る

自己紹介・回想

今日（こんにち）

「親元をはなれて生活するのは良いが、人さまに迷惑かけるような事だけはしてくれるな。親族一同に迷惑がかかる。それだけは忘れるな。」

山形生まれの私が、そんな父の言葉を背に東京に出てきたのは、十八歳の十二月、雪の降る寒い夜だった。

優しさの中にも厳しさのあった両親も今はなく、いつの間にか私も八十余の歳を迎えて、色々なことが想い出される。

衣食住は、絶対に親に迷惑をかけられない、自分のわがままで出てきたのだと、自分自身に言い聞かせ、住み込みのお手伝いをしながら、学校に通わせて頂いたあの頃、右も左もわからず、人と人との出会いの中から、色んなことを学びながら過ごした日々は、人を疑うことを知らなかった。

ひろい屋敷のなかの茅葺の大きな家、祖母と一緒に村を歩いていると、「おばあちゃまと一緒ですか。お嬢ちゃんいいですね。」お嬢お嬢と言われながら育った家も、八歳の三月、火事での類焼に遭い、すべてを失った私たち家族。

家財道具一式届けてくれた父の友人、天井のない納屋に住みながら、「貴方たちにとっては何の役にも立たない紙切れかもしれないが、我が家にとっては家系図が一番」と、啖呵を切った父。

小学二年の十二月、戦争が始まり、モンペ（ズボン）を穿いたことのない母のモンペ姿、食糧難、落ち穂拾い、イナゴとり、バケツリレー、竹やり演習、等々で過ごした小学校時代。

敗戦を迎えて過ごした中学校時代。農地改革、円の切り替え、家を建てる予定で積み立てたお金はお米一俵、そんな中でも愚痴ひとつこぼさない父と母の姿を見ては、「お母さん、これ食べてね」と言いながら過ごしたこと等々。

世の中はめまぐるしく変わり、すぐに働けるようにと商業高校に入って過ごした三年間。少しずつ落ち着きを取り戻した頃、卒業を迎え、その年の暮れ、東京の生活に入った私。

焼きトリ食べに行こうか。この間食べたけどコリコリして美味しかったわ。それは焼き鳥ではなく焼きトンだよ。ほうれん草は煮立たないうちに火を止めるのよ。糊を作る時は、水に粉を入れてはだめ、粉に水を入れるの。学校の勉強はさることながら、日々のそんな会話のやり取りが今でも頭の中を駆け巡る。

卒業して、部屋を借り、四畳半の生活。就職は、私の全く知らない宗教界の議事堂みたいなところであった。そこでの生活の中で学ばせて頂いた事は、私の宝となっている。

色んなことに出会いながらも五十年前から共働き、無事に育った二人の子供達、外国に行くことを常に許してくれた主人。

インドのごみを拾いながら生活する子ども達、物乞いをする子ども達。カンボジアの難民キャンプの孤児になった子ども達。アフガニスタンの忘れられた難民キャンプの子ども達。みんな目をキラキラさせながら、たどたどしい日本語で話してくれた。

夕焼け小焼けを歌ってくれたナザレ園の、韓国に置き去りにされた九十近い日本人妻たち、涙を流しながら見送ってくれた。

そんな出会いができ、見聞きできたことで、私はいつの間にかどんな事件や失敗があっても感謝だと思えるようになっていた。

これも、幼き頃の父母の生活を見て育ったからだと、しみじみ感じている今日(こんにち)である。

たにともこ詩集『つぶやき』刊行に寄せて
心の夕焼けがひろがる時

佐相　憲一

テレビの人気番組で「意地悪ばあさん」というのがあった。長谷川町子の原作漫画をアレンジしたもので、青島幸男扮する元気な老婦人は魅力的だった。世の中にはおせっかいなおかあちゃんや頑固おやじがいて、希薄な人間関係や孤立や不正横行を防ぐことがある。

だが、この詩集『つぶやき』の作者の視点はそういうタイプともまたひと味違っていて、現代的な視野をひろげている。「電車の中　その二」と同「その三」を続けて読んでみよう。

〈右を向いても／左を向いても／指先だけが動いている／／杖にもたれた　おばあさん／あなたの前に立っている／／見えないの／／見えないあなたが可哀想／少しはゆとりを／持ちましょう／あなたの人生長いのよ〉（「電車の中　その二」全文）

〈おばあさん／私の前に立たないで／立ちたい気持ちは／あるけれど／今日の私は疲れているの／私の気持ちも　分かってね〉（「電車の中　その三」全文）

電車の席をめぐるふたりの緊張関係を双方の側から表現している。前者の詩の視点なら、多くの人が口にするだろう。よく読むと、〈あなた〉へのお説教ではなく、ゆとりを失っている心に寄り添いたいというニュアンスがあるから、これ自体が通り一遍の視点ではないが、ともかくここまでなら一般的だろう。だが、その後にどんでん返しとしての後者が続くと、ハッとさせられて、前者も相対化に鍛えられた説得力を得る。八十代の作者が後者をも書くというところにこそ新鮮なものがあり、それはおそらく作者自身が若い頃から働く女性を続けてきて、満員電車に揺られながら家庭も育んできたスーパーウーマンだったからであろう。若い女性にもつらい思いがあるのだ。

詩集冒頭の「電車の中　その一」では、〈午前十時の電車は休憩所〉と表現する。〈みんな　みんな眠っている〉。そして、居眠りするさまざまな乗客ひとりひとりの人生をそっと思いやる。大いなる宗教的境地へと案内されるようで味わい深いが、実はこの作者、仏教界の女性たちの心をつなぐ仕事や、異なる宗教間の世界平和共同、各地の孤児支援、難民支援、といったことに長年第一線で尽力してきた人物なのであった。

そんな公的な経歴をもつ人が、ひとりの無名の天使になって、雑踏の中の人間群像に思いを馳せ、見守ったり、時に嘆いたり、願ったりしている。決して高みの見物じゃない。作者自身が必死に生きて来た、その人生の思いをところどころにさらけ出して、人間の心を表現しているのだ。そのように、「電車の中で」シリーズ十一篇、「通り道」シリーズ三篇、「家族」シリーズ六篇、「テレビより」シリーズ六篇、「世の流れ」シリーズ六篇、といった短篇の街角スケッチ・心のポエムが書かれた。「光を求めて」の章に収録された十篇では、人生感慨や関係人物回想が切実だが、そこには生きる哲学がある。「生きるとは」という詩には、作者の人生の思いが凝縮されている。

〈心の中で涙する事なの／／悲しい時も／／苦しい時も／／嬉しい時も／／楽しい時も／／悩んでいる時も〉（「生きるとは」全文）

涙というのは最も強度の感動だろう。それは、ひとつの感情だけでなく、プラスマイナスさまざまな思いの激しく渦巻く時に、心の根底が揺さぶられる現象である。作者はそうした涙そのものを思いっきり肯定しながら、そこには人知れず〈心の中で涙する〉という、言うに言えぬ沈黙の涙をニュアンスとして含んでいる。大きな状況の中で運命に翻弄されるひとりひとりの人間存在。その命の鼓動が聴こえてくるようだ。これだけのシンプルな短い言葉で深いものが表現されている。

「手を合わす」の章に収録の五篇では、一九三四年生まれの作者が体験した戦争、世界各地に支援に行って目撃した戦乱、昨今のこの国が危うく道を踏み外そうとしているかに見える平和問題、そうしたものから強くわきあがる平和への思いがしっかりと刻まれている。詩作品の最後に置かれた「手を合わす」を引用しよう。

〈八十四年の人生から想い出すのは／白い帽子　白い服　七つの金ボタン／足並み揃えて　颯爽と／通って行った十七歳の若者たち／あれは夢だったのだろうか／遠く聞こえる歌声は／七つボタンは桜にひかり／花と散りましょう　国のため／見送る母は笑顔で送り／心で泣いて手を合わす／今年も桜の季節がやって来た／南から北へと　迷うことなく／予科練兵を送ったあの時のように……／自然は何の憂いもなく通り過ぎて行く／私達に悲しみや喜びを心に残して／ふたたびあの夢を見ることのないように／私はただただ祈る〉（「手を合わす」全文）。

アジア各地の人びとの支援で国際連合とも行動を共にした国際派宗教者女性が、にっこり温和な無名の通行人として、昭和・平成を生きて来たひとりの人間として、さりげなく詩集に綴ったこの一冊。詩はいまでもまちのひとつひとつの情景にあるし、人びとの思いの中にある。

あとがき

満八十歳を迎えて、そろそろ職を離れ、第二の人生かなーと考え始めた頃、社団法人だった連盟も、公益法人として新しく出発することとなりました。それを機に職場を離れた私ですが、自由の身になってみると自分自身が何か置き去りにされた感じで身を持て余していました。

コールサック社代表・鈴木比佐雄様の「自分の目で見たこと、心に感じたことを書くことです」との言葉をお聞きして、書き始めてみました。

日常生活の中で私なりに感じたことを記した作品です。いみじくも出版することとなり、戸惑いながらも、昭和・平成の時代に生きて来た私にとって、平成が終わろうという年に出版出来ますことには、何か意味深いものを感じ、一つの縁と思っております。
編集にあたり、色々と御助言、御配慮頂きました佐相憲一様とコールサック社様には心より御礼申し上げます。

二〇一八年　晩秋　たにともこ

著者略歴

たにともこ（本名・林（はやし）恵智子（えちこ））

一九三四年（昭和九年）　山形県寒河江市に生まれる。

一九五五年（昭和三十年）　東洋大学卒業。全日本仏教会就職。

一九五六年（昭和三十一年）　伊勢湾台風被災への街頭募金。

一九六四年（昭和三十九年）　インド・スリランカ・タイ、世界仏教徒会議

一九七四年（昭和四十九年）　全日本仏教会退職。

一九八一年（昭和五十六年）　全日本仏教婦人連盟理事就任。

一九八五年（昭和六十年）　ローマ法王表敬訪問並びに欧州宗教事情視察。

カンボジア難民孤児里親運動開始。

一九八七年（昭和六十二年）　世界宗教者平和会議日本委員会婦人部

委員就任。日中仏教交流の旅。

一九九〇年（平成二年）　全日本仏教婦人連盟事務局長就任。

韓国ナザレ園訪問。ネパール難民キャンプ訪問。

一九九七年（平成九年）　二年前の阪神淡路大震災関係で須磨寺チャリティ・

バザー。

二〇〇〇年（平成十二年）・二〇〇一年（平成十三年）

アフガニスタン難民支援現地調査。

二〇〇四年（平成十六年）平和条約後のカンボジアで帰還難民を迎える。

二〇〇五年（平成十七年）エジプトにて日本・エジプト文化交流。

二〇〇七年（平成十九年）スリランカ復興支援スタディーツアー。

医療センター支援のためのインド納経。

二〇〇九年（平成二十一年）インドの子ども達の里親支援のために現地へ。

二〇一三年（平成二十五年）ハワイ平和祈念使節団。

二〇一四年（平成二十六年）全日本仏教婦人連盟事務局長退職。

同・理事退任、顧問就任。

二〇一八年（平成三十年）ペンネーム・たにともこ名で詩集『つぶやき』。

現在　公益社団法人・全日本仏教婦人連盟顧問。

公益財団法人・世界宗教者平和会議日本委員会女性委員。

公益財団法人・全国青少年教化協議会評議員。

たにともこ詩集『つぶやき』

2018年12月3日初版発行
著　者　たにともこ
編　集　佐相　憲一
発行者　鈴木比佐雄

発行所　株式会社 コールサック社
〒173-0004　東京都板橋区板橋 2-63-4-209
電話 03-5944-3258　FAX 03-5944-3238
suzuki@coal-sack.com　http://www.coal-sack.com
郵便振替　00180-4-741802
印刷管理　（株）コールサック社　制作部

*装丁　奥川はるみ

落丁本・乱丁本はお取り替えいたします。
ISBN978-4-86435-368-7　C1092　￥1000E